연쇄사진사건

오늘도 무사히

KB018216

『오늘도 무사히』 사용방법 두 권의 책입니다. 사진을 보며 좌측 면의 소설을 먼저 읽으세요. 혹시 따로 시간 나면 149개 사진 밑의 설명을 읽되 이때는 소설과 함께 읽지 마세요. 어거지거든요. 모기가 벽에 앉 았을 때 내리치거나, 늦은 밤 라면을 끓일 때 냄비 받침으로 사용하기 좋습니다. 목차는 없습니다. 한 편의 소설이고 각각의 사진은 이어지지 않아요. 냄비 엎지 마세요.

임요희【명】 소설을 쓰면서 책과 음식, 사람, 영화와 관련해 온갖 참견을 하고 있다. 부드럽게 휘어지 는 골목길에 열광하고, 유장하게 이어지는 도로와 언덕길을 힘겹게 올라오는 모든 탈것, 사람을 응원 한다. 마음속의 글자는 역설逆說, 기도祈禱, 고무鼓舞. 2010년 소설가가 되었고 2016년부터 2019년까지 뉴스1, 트래블바이크뉴스에서 여행기자로 일했다. 사진협동조합 시옷 조합원이며 지은 책으로 소설 집 『눈쇼』와 여행 가이드북 『리얼 홍콩』(공저), 에세이집 『버건디 여행 사전』이 있다.

서지정보 이용안내 이 도서의 국립중앙도서관 출판예정도서목록(CIP)은 서지정보유통지원시스템 홈페 이지(http://seoji.nl.go.kr)와 국가자료종합목록 구축시스템(http://kolis-net.nl.go.kr)에서 이용하실 수 있습 니다. (CIP제어번호 : CIP2020045384)

연쇄사진사건

오늘도 무사히

임요희

앨리스북클럽

나는 저만치서, 타인은 이만치서

우리가 사진을 찍는 이유는 시간을 얼려 현재를 보존하기 위해서이다. 문제라면 아무리 '실제'를 재현하는 사진이라도 '실제의 감동'까지 고스란히 재현하기는 어렵다는 것이다.

살면서 감사하고 고마운 일들을 많이 겪지만 어떤 감사의 말도 내 절실한 감사의 마음을 다 담아낼 수 없는 것과 같다. 그럼에도 사진은 대단하다. 안 보이는 것을 드러내주기 때문이다.

이 책에 등장하는 사람들은 작다. 압도적인 규모의 건축물과, 거대한 자연 풍광 속에서 점처럼 축소되어버린 인간은 살기 위해 작은 몸을 부지런히 놀린다. 그 모습은 대체로 재밌고 발랄하고 엉뚱하다. 나를 관찰할 때는 이렇게 멀리서 보아야 한다.

멀리서 바라보면 가슴 저미는 실연도, 땅을 치게 하는 무능도, 먹고 살기 위한 몸부림도, 사람들이 나만 미워하는 것 같은 기분도, 하루하루 떨어지는 인기도 너무너무 작고 하찮을 뿐이다.

반면 타인을 볼 때는 한 발자국 다가가야 한다.

"몇 학번이에요?"

"왜 결혼 안 했어요?"

쉽게 질문하는 사람은 실수하기 쉽다. 우리가 이해할 것은 '누구든 행복하기 위해 몸부림친다'는 사실이다. 삿된 궁금증은 잠시 밀쳐두고 상대에게 귀 기울이기를 먼저 하자. 『오늘도 무사히』에 나오는 사람들이 유독 작은 것은 가까이 다가가서 보라는 의미도 있다.

이 사진집은 두 번 보아야 한다. 한 번은 가까이서 보았을 때의 서글픈 인생, 그리고 한 번은 멀리서 보았을 때의 즐거운 인생. 하나의 사진 속에서 비극과 희극을 함께 발견할 수 있다면, 타인의 모습과 내 모습을 함께 발견할 수 있다면 연쇄사진사건 『오늘도 무사히』는 자신의 목적에 거의 도달한 것이다.

— 2020년말 엄동설한 임요희

아침이어요. 커피 한 잔 들고 창가로 가요. 창밖은 아파트 숲이에요. 휴일이라도 모두가 한가하진 않은가 봐요. 누군가 베란다 창에 매달려 유리를 닦고 있어요. 괜찮을까요. 난간이 삐꺽, 하기라도 하면? 유리창 닦는 일에 목숨을 거는 사람, 사랑에 목숨 거는 사람. 내용은 다르지만 사람들은 매일매일 무언가에 목숨을 걸어요.

#001

극한직업 남편

'난간이 있으니까 떨어져 죽지는 않아.' 아무리 스스로를 안심시켜도, 보는 사람
입장에서 오금이 저린다. 남자는 꽤 오랫동안 유리창을 닦다 안으로 사라졌다.
다행히 추락하는 일은 일어나지 않았다. _ 서울시 성북구 돈암동

휴일인데 집에만 있을 수 없죠. 데이트 약속도 없고 산책이나 하기로 해요. 오래된 골목길이어요. 굴뚝이 갇혀 있어요. 무슨 죄를 지었기에 굴뚝을 저렇게 가둬놓은 걸까요. 저랑 처지가 비슷하네요. 저도 마음의 감옥에 갇혔거든요.

#002

뭔 죄를 지었기에 갇혔노

굴뚝을 새로 칠할 생각이었을까. 공사를 위해 설치한 가설물이 굴뚝을
가두어 놓은 감옥처럼 보인다. _ 대전광역시 중구 선화동

낭패에요. 갑자기 비가 내려요. 쏟아지는 비에도 아랑곳
없이 사람들이 달려요. 우산을 쓸 수 없는 사람은 우비를
입어요. 비닐봉지 한 장 얻어 쓰지 못한 채 고스란히 비를
맞는 사람도 있어요.

#003

우리에게는 비닐이 있다

비오는 날도 아랑곳하지 않고 라이딩을 즐기는 사람들이 있다. 우리나라에서는
상상하기 어려운 모습이지만 어떤 나라에서는 일상이다. _ 체코 프라하 올드타운

그래요. 준비 없이 비를 맞을 수도 있고, 눈을 맞을 수도 있어요. 천둥이 칠 수도 있고, 번개가 내리 꽂힐 수도 있어요. 미끄러운 길을 엉금엉금 달려야 할 때도 있죠. 생각대로 되지 않는 게 인생이에요.

#004

인생 생각대로 안 되네

'생각대로' 배달부는 바쁘다. 날이 궂으면 주문이 몰리기 때문이다.
날씨가 궂어야 삶이 화창해지는 직업적 아이러니. _ 서울시 강북구 월계로

하지만 걱정할 필요는 없어요. 저마다의 삶이니까요. 남들은 이해 못할 일이라도 그들 나름으로는 납득할 만한 이유가 있는 거죠.

#005

괜찮아, 물속은 깨끗해

바닷가 낚시 커플. 저렇게 더러운 물에 사는 고기를 과연 먹을 수 있을까 싶지만 섣부른 판단은 금물이다. 오물을 한 겹 걷어 내면 투명하게 맑은 물이 고여 있을지 누가 알겠는가. _ 강원도 삼척시 덕진포구

다행히 날이 금방 개였어요. 할머니가 젖은 폐지를 내다 말려요. 세상에! 폐지를 밟고 지나가는 사람이 있어요. 아무리 폐지라도 남의 물건을 막 밟으면 안 되는 거 아닌가요? 저 사람을 보니 저의 전 남친이 생각나네요. 전 남친도 저렇게 무례한 사람이었어요.

#006

막 가는 사람

나쁜 짓의 정의를 딱 꼬집어 말한다면 '남을 배려하지 않는 행동 '이 아닐까. 폐지를
가격으로 따진다면 얼마 하지 않을지도 모른다. 사람이 다니는 길을 폐지로 막은
할머니가 먼저 잘못했을지도 모른다. 그렇다 해도 폐지는 할머니 삶의 근간이다.
그것을 존중하는 일이 그렇게 어려운 걸까. _ 서울시 성북구 안암동 그가 이별을 선언하던 날이 떠올라요. 저는 당황해서 물었죠.

"내가 뭘 잘못했어? 혹시 여자 생겼어?"

전 그가 뭐라도 변명을 할 줄 알았어요. 사정이 있다고. 미안하다고. 하지만 그는 뻔뻔하게 나왔어요.

"맞아, 나 바람 피웠어. 문제 있어?"

#007

내가 피우겠다는데

우리나라는 역이나 정류장 주변에서 담배를 피우면 벌금이 있다. 아예 길에서 담배를 피울 수 없는 지역도 많다. 그런 반면 흡연에 너그러운 나라도 많다. 실내만 아니라면 그들은 대부분의 장소에서 피우는 것을 허락한다. _ 체코 체스키크룸로프

기가 막혔어요. 어떻게 저에게 그럴 수 있을까요? 정말 사랑했는데. 우리는 매일 만났어요. 떨어져 있은 적이 거의 없어요. 해가 뜨나, 달이 뜨나, 바람이 부나 꼭 붙어 있었죠.

#008

미세먼지 쯤이야

미세먼지는 자동차 배기가스, 공장의 매연, 조리 과정에서 발생하는 중금속 물질이다. 1급 발암물질로 분류될 만큼 인체에 해롭지만 사랑에 빠진 사람들 눈에 미세먼지는 흔한 대기현상일 뿐이다. _ 서울시 종로구 북악스카이웨이

미운 건 미운 거고 잠깐 제 엑스남친 자랑 좀 할게요. 그는 키도 크고 얼굴도 잘 생겼어요. 외적으로 완벽했죠. 사람들 속에 섞여 있을 때 더 돋보였어요. 제가 외모를 많이 따지긴 하죠. 물론 외모만 본다는 이야기는 아니어요. 키도 크고 얼굴도 잘 생겨야 다음 단계로 넘어가게 되는 걸 어떻게 해요.

#009

군계일학

신호등에 빨간 불이 들어오자 도로를 질주하던 자전거와 오토바이가 일제히 멈추어 섰다. 숱한 오토바이 무리 속에 유독 눈에 들어오는 한 사람. 금발에 장신의 남자가 자전거에 올라타고 있었다. 그와 비교되는 게 싫어서, 빨리 달아나려고들 오토바이를 선택한 것은 아닐까. _ 태국 치앙마이 사람들은 한 목소리로 말했죠.

"그놈 참 잘 생겼다!"

어릴 때부터 남친은 탤런트, 배우 하라는 이야기를 자주 들었대요. 사실 제 남친은 숙맥이어서 남 앞에 나서는 거 못해요. 저한테 처음 말을 걸 때도 얼마나 쭈뼛거리던지, 못 참고 제가 먼저 사귀자고 했을 정도라니까요.

#010
그놈 잘 생겼다
일본 어느 작은 도시에서 크고 잘생긴 소나무를 만났다.
한 프레임에 담기 어려울 정도로 큰 이 나무는 대체 얼마나 긴 세월을
한 자리에 뿌리 박고 살아온 것일까. _ 일본 에히메현 마쓰야마시

그래요, 만나자마자 그에게 반했어요. 한순간에 빨려 들어갔죠. 아마 이렇게 말하면 이해되실 거예요. '진공청소기 외모'

#011

어어, 빨려들어간다

공항에서 활주로를 내려다보면 비행기만 있는 게 아니다. 빠른 시간 안에 최적의 운항 조건을 갖추기 위해서는 지상 조업 차량의 도움이 절대적이다. 승객과 짐을 실어 나르고, 오물을 수거하고, 보급품을 운반하고, 비행기에 연료를 공급하고, 비행기를 견인하는 일까지 모두 차량의 조업을 통해 이루어진다. 공항의 차량은 일반 차량과 하는 일이 다르기 때문에 형태도 전혀 다르다. _ 제주도 제주시 제주공항

누군가의 정체성은 곁에 있는 사람들이 만들어주잖아요.
잘생긴 남친이 제 곁에 버티고 있으니 절로 기가 살았어
요. 어깨가 으쓱 올라가고, 걸음걸이도 당당해졌죠.

#012

언니는 교관

짧은 스커트 차림의 여자가 기동훈련 중인 군 행렬과 나란히 걸음을 옮기고 있다. 자기 갈 길을 갈 뿐이겠지만 그녀가 남자들의 교관처럼 느껴지는 것은 어쩔 수 없었다. 반대 상황이었으며 어땠을까. 남자가 여자들의 행렬을 따라 갔다면? 남자는 그 길을 끝까지 노정할 수 있었을까. _ 서울시 성북구 동소문동

1년 조금 넘게 만났을 때에요. 그가 청혼을 했어요. 너무나 기다렸던 순간이었죠. 우리는 함께 살 집을 알아보러 다녔어요. 그런데 돈이 좀 모자랐어요. 말로만 듣던 달동네, 눈이 오면 길이 흘러내리는지 사람이 흘러내리는지 모를 정도로 미끄러운 그런 구석진 곳까지 찾아다녔죠.

#013

길이 흘러내리노

서울의 마지막 달동네 백사마을. 중계동 104번지에 위치해 '백사마을'이라 불리는
이곳은 50여 년 전 청계천 등 타 지역 철거민들이 하나둘 이주해 마을을 형성했다.
머지않아 이곳도 재개발을 앞두고 있다. 지붕이 날아갈까 타이어, 기왓장로 눌러둔
집이 여럿이다. _서울시 노원구 중계동 백사마을

작은 집이라도 상관없었어요. 두 다리만 뻗을 수 있으면 된 거 아니에요? 아니 다리쯤 오므리고 자면 어때요. 꼭 껴안고 서로 머리를 기댈 수 있다면 불편한 건 문제가 아니죠.

#014

사람 사는 데 공간이 더 필요하나

홍콩 구룡반도 안쪽, 몽콕에서 조금만 더 들어가면 사업장과 주택이 혼용된 상업지대 '삼수이포'가 나타난다. 바닥부터 천장까지 물건으로 빼곡한 사업장이지만 사무를 보는 데는 아무 지장이 없다. _ 홍콩 구룡 삼수이포 아이는 꼭 낳을 생각이었어요. 그 사람도 저도 아이를 무척 좋아했거든요. '아이가 타고 있어요.' 차 뒤에 이런 스티커도 붙이고요. 생각만 해도 꿈 같았어요.

"아이는 몇 명을 낳지? 한 명만 낳아 잘 기르는 게 좋을까?"

#015

아이가 타고 있어요

부모 차에 실려 가는 게 아니라 스스로 자차를 운전하는 이 아이. 초보운전 딱지는
뗀 듯하다. _ 경기도 남양주시 물의공원

"아냐, 혼자는 외로우니까 잔뜩 낳는 게 좋겠지. 열 명 쯤?"

#016

아이가 많이 타고 있어요

천혜의 자연 속에 아이를 내버려두는 게 힘들다면 도심 속 공원은 안전한 대안이다.
식물이 자라듯 아이들은 자란다. _ 서울시 강서구 마곡동 서울식물원

엄마 아빠가 너무 사랑하면 아이가 샘을 내잖아요?
맞아요. 더도 말고 그만큼만 사랑하자고 맹세했죠.

#017

엄마 아빠, 저 좀 신경 쓰세요

아이를 한 명만 낳으면 어쩔 수 없이 부모가 형제 노릇까지 해주어야 한다. 그러나 아이를 외롭게 하는 것도 괜찮다. 부부가 서로를 아끼고 사랑하는 모습을 보면서 아이는 마음의 안정을 얻기 때문이다. _ 경상남도 거제시

가난하면 어때요. 휴대폰이 집에 딱 하나면 어때요. 같은 곳을 검색하고, 같은 음악을 듣고, 같은 유튜브 채널을 시청하면 되죠.

#018

휴대폰이 하나라서요

제주 물영아리오름 정상에서 한 가족이 머리를 맞대고 무언가에 집중하고 있다.
휴대폰을 들여다보는 걸까. 늪지대에 사는 청개구리라도 포획한 걸까. 물영아리란
물이 고인 신령스런 산이라는 뜻이다. _ 제주도 서귀포시 물영아리오름

꿈같은 미래를 설계했는데, 가장 행복에 겨운 순간에, 그토록 청천벽력 같은 선언을 들은 거예요. 그는 단호했어요. 절대 마음을 바꾸지 않을 것 같은 얼굴이었어요. 어떻게 사람이 그래요? 어떻게 사람 마음이 단번에 식을 수 있을까요.

#019

차가운 건 싫어, 얼음을 없애버릴 거야

시청 앞 서울광장에 마련된 특설 아이스링크. 한 시간 이용료가 단돈 1천 원이라
개장 즉시 아이들로 인산인해를 이룬다. 쉬는 시간을 이용해 아르바이트생들이
아이스링크를 정리하고 있다. _ 서울시 중구 서울광장

당신, 왜 나를 떠나려는 거지. 말해줄래?
내가 무얼 잘못했어? 왜 내게 등을 보이는 거야.

#020

달아나지 마

아이들은 관심을 원한다. 하지만 막상 관심을 주면 달아난다. 관심 받고 싶은 마음을 들켰기 때문일까. 아이는 타인의 시선으로부터가 아니라 부끄러움으로부터 달아나고 싶은 걸지도 모른다. _ 필리핀 팔라완 푸에르토프린세사

그가 떠나자 세상이 무너지는 기분이었어요. 아니에요. 어쩌면 예상하고 있었는지도 몰라요. 간신히 세상을 떠받치고 있는 버팀목들. 저는 언제 어떻게 뽑혀나갈지 모르는 지지대에 기대 제 삶을 간신히 이어가고 있었던 거죠.

#021

무너지면 안 돼

2019년 여름 지하철 시청역에 야릇한 기둥이 들어섰다. 1급 발암물질 석면을 제거하기 위한 시설개량공사에 들어가면서 설치한 가설기둥이다. _ 서울시 지하철 시청역

정말이지 태양이 폭발한 것 같은 충격이었어요.

#022

태양이 폭발했어요

동해의 일몰은 바다가 아닌 도시 방향에서 진행된다. 바다를 등지고 바라본 안목해변.
요트클럽하우스 철제계단이 태양에 녹아내릴 듯하다. _ 강원도 강릉항요트마리나

그가 떠나면서 내 모든 것을 가져갔어요. 식욕이 사라지고, 의욕이 사라지고, 행복이 사라졌어요. 영혼까지 사라지는 것은 아닐까 두려웠죠. 육교에 올라 공기 속으로 몸을 밀어 넣었어요. 왠지, 아주 가볍게 날 수 있을 것 같았어요. 순간 아찔해졌어요.

"아, 내가 뭘 하고 있는 거지? 정신을 차려야 해!"

#023

하루하루 말라가요

바람 잘 통하는 육교에 옷가지가 널려 있으면 틀림없다. 집시가 내다 넌 빨래다. 그들은 일정한 거주지 없이 이곳저곳 떠돌아다닌다. 온 세상이 내 집인 셈이다. _ 체코 프라하 엄마는 말씀하셨죠. 사람은 여러 측면에서 고려해야 한다고. 성격도 중요하고, 경제적인 능력도 중요하다고. 무엇보다 멀리 내다볼 줄 알아야 한다고. 큰 그림을 그리는 사람은 마음이 바위 같아서 일희일비하지 않는다고. 그런 사람을 고르라고.

엄마 말씀이 다 맞아요. 그런 사람 곁에 있어야 저도 흔들림 없이 인생을 살아갈 수 있는 거죠. 저는 어쩌자고 얼굴만 보고 사랑에 빠졌던 걸까요.

#024

돌다리도 두들겨보고 건너야 한단다

살곶이다리는 문화재로 지정된 돌다리다. 세종은 상왕으로 물러앉은 아버지 태종을
위해 돌다리를 짓기 시작했다. 나들이 때 하천을 안전하게 건너도록 하기 위해서다.
살곶이는 청계천과 중랑천이 만나 한강으로 흘러드는 지역의 이름이다.

_ 서울시 중랑천 살곶이다리

섣부른 사랑의 대가는 컸어요. 저는 나락으로 떨어졌죠. 마음이 깨지는 고통이 저를 찾아왔어요. 인간은 나약해서 부서지기 쉬워요. 다친 몸은 치료하면 되지만, 다친 마음은 회복이 어려워요. 나았나 싶으면 재발하죠. 그래서 위험한 곳에는 가지 않는 게 정답이에요.

#025

찻길에서 놀면 되겠니 안 되겠니

화사한 벚꽃 터널을 지나면서 사진 한 장 안 남기긴 힘들다. 그래도 차는 조심하자.

_ 전라남도 하동군 벚꽃십리길

마음은 턱없이 약하기 때문에 잘 간수해야 해요. 그게 철든 사람의 행동이죠.

#026

철이 있는 풍경

우리나라에서 가장 남성적인 도시는 어디일까? 포항이 아닐까. 포항에는 철 만드는 공장 포항제철이 있고, 밤낮으로 어선이 고기를 부리는 구룡포가 있다. 한쪽에서는 쇳물이 펄펄 끓어오르고 한쪽에서는 뱃사람의 고함이 난무한다. _ 경상남도 포항시 저를 괴롭히는 건 그게 다가 아니었어요. 험담이 난무했어요. 말하기 좋아하는 사람들이 이런저런 말을 늘어놓았죠. 제가 싸가지가 없어서 차였다고 하는 사람, 제가 돈을 밝혀서 그를 찼다고 하는 사람. 별별 말이 다 돌았죠.

#027

말 많은 사람

러시아 하바롭스크 우스펜스키성당 만남의 광장에는 관광객에게 말을 태워주는
것으로 돈벌이하는 사람들이 있다. _ 러시아 하바롭스크

생각해보면 남친은 겁이 났던 거예요. 결혼에는 책임이
따르잖아요. 가장이라는 위치는 많은 것을 요구하죠.

#028

가족 부양하느라 오늘도 공중부양

건축용 지게차에 올라 탄 남자의 모습이 공중에 떠 있는 것처럼 보인다. 그가 공중에
머무르는 것은 스스로 지게차가 되어 가족을 부양하기 위함이다. 그게 가장이다.

_ 태국 치앙마이

가족을 먹여 살리려면 개미처럼 식량을 물어 날라야 하잖
아요.

#029

한 달 식량

해수욕을 마치고 이동하는 가족. 프리첼 모양의 커다란 튜브를 짊어진 엄마가 마치
포획한 식량을 집으로 옮기는 개미 같다. 개미는 자기 몸무게의 5,000배를 든다고 한다.
_제주도 제주시 함덕해변

물론 저도 아내로서 최선을 다할 생각이었죠. 알뜰살뜰 규모 있게 가계를 꾸려 나갈 계획을 세웠어요. 결혼하면 새 물건을 사기보다 고장 난 물건을 고쳐 쓸 생각이었어요. 백화점 대신 당근마켓을 이용할 생각이었어요.

#030

오천 원만 깎세

동네마다 가전제품을 고쳐주는 전파사가 있었다. 전자제품 회사들이 애프터서비스에
치중하면서 소비자도 자연스럽게 해당 회사의 서비스센터를 이용하기 시작했다.
동네 전파사는 어느덧 자취를 감추었다. _ 서울시 중구 서소문로

반찬이 없으면 바다에 나가 물고기라도 잡아올 각오가
되어 있었어요.

#031

아빠, 생선구이해드릴게요

홍콩섬 서쪽 동네인 케네디타운은 전형적인 주거타운이지만 센트럴과 성완이
팽창하면서 점차 상업지구화되어가고 있다. 아직은 한가로운 케네디타운의 오후.

_ 홍콩섬 케네디타운

저는 의욕에 넘쳤는데, 그는 아니었어요. 미리 지쳤던 거
예요. 백번천번 생각해도 자신이 없었던 거죠.

#032

밥이고 뭐고 지친다

따스한 햇살이 내리쬐는 초봄, 행인들은 벤치에 앉아 길거리음식을 즐기고,
대걸레는 나무에 기대 젖은 몸을 말리고 있다. _ 서울시 중구 남대문시장

하루는 그러더라고요. 사는 게 너무 비참하대요. 사실 남친은 기본급 이상을 벌어본 적이 없어요. 닥치는 대로 알바를 뛰면서 살았지만 서른이 넘도록 단칸 월세방 신세를 못 면했거든요.

#033

허허, 이 정도는 살아야죠

일본 마쓰야마 성 천수각(天守閣) 창밖으로 몸을 내밀고 풍경을 감상하는 관광객. 천수각은 망루와 비슷한 건물로 보통 성의 중심부에 건축된다. _ 일본 에히메현 마쓰야마시

당장 먹고 사는 것만 해결한다고 해서 끝난 게 아니래요.

우리에게는 노후가 기다리고 있다나요.

#034

우리는 늙어요

굽은 허리는 노인의 전유물이 아니다. 하늘을 바라보고 살면 늙어서도 꼿꼿한 자세를
유지할 수 있고 과거에 연연하면 젊은이도 허리가 꼬부라진다.

_ 충청남도 천안시 천안역

과거에도 어려웠고 지금도 어려운데 계속 어렵게 사는 건 그로선 용납할 수 없는 일이었어요. 그는 떠나고 싶어 했어요. 가난이 없는 곳. 자유로운 세상을 찾아 한 마리 새처럼 훨훨 날아가고 싶었던 거예요. 하지만 그런 곳이 세상에 있을까요?

#035

쇼핑은 즐거워

비는 멈추었지만 도시는 여전히 빗물로 번들거린다. 쇼핑 카트를 밀고 천천히 걸음을 옮기는 노인. 서두르지 말자. 천천히 걸음을 옮겨도 삶은 충분히 빠르니까.

_ 독일 작센 주 드레스덴

저라고 불안하지 않겠어요? 통장이 텅텅 비었을 때, 집주인이 월세를 올려달라고 할 때, 그런 날이 찾아올 때마다 절로 한숨이 나왔어요.

'이 막막한 세상, 어떻게 살아가지?'

정말이지 비명을 지르고 싶을 때가 한두 번이 아니었답니다.

#036

위태로운 인생

흔히 기분이 좋을 때 하늘을 걷는 기분이라고 말한다. 그러나 막상 발아래
천 길 낭떠러지가 펼쳐지면 두려움 때문에 눈도 제대로 뜨지 못하게 된다.
_ 방콕 마하나콘 빌딩 전망대 지상 314m 스카이워크

그가 있어서 버틸 수 있었어요. 저는 그 사람 때문에 용기가 생겼는데, 그는 저 때문에 두 배로 힘들었던 거예요. 그는 저의 자양강장제였는데, 저는 그냥 자양강장제가 가득 든 무거운 박스였던 거예요. 각자도생의 길이 답이라면 그렇게 해야죠.

#037

이제는 모르는 사람들처럼

일본 나리타산 신쇼지에는 에도시대 거리가 고스란히 보존되어 있는 오모테산도가
있다. 장어처럼 구불거리는 거리를 따라 장어덮밥집, 선술집, 기념품점, 카페가
옹기종기 자리한 예쁜 곳이다. _ 일본 나리타시 나리타산 오모테산도

그렇게 저는 그의 결정을 수용했고, 혼자 남겨졌어요.

#038

젠장 배 끊겼네

겨울에 먼 섬으로 여행을 떠날 때는 일기예보를 잘 봐야 한다. 풍랑이 잦아 배가 안
뜨는 날이 많기 때문이다. 새벽에 한 대 출항하고 사나흘 뒤에나 뱃길이 열리기도 한다.
그럴 땐 꼼짝 없이 섬에 발이 묶인다. _ 흑산도 예리항 누구나 찾기 원하지만 쉽게 찾아지지 않는 게 있어요. 없는 게 없는 온라인 쇼핑몰에서도 팔지 않는 것, 그것은 행복이에요.

#039

행복을 찾으려면 시력이 좋아야 해요

변화를 싫어하는 일본인의 성격은 옷차림에서도 드러난다. 학생의 교복 차림과
일반인의 정장 차림이 크게 다르지 않다. _ 일본 치바현 코즈노모리역

"행복아, 나에게도 좀 와줄래?"

길거리에서 외쳐 불러도 소용없죠.

#040

행복이를 찾습니다

인적이 끊긴 어두운 거리에서 호객 행위를 하는 소녀. 자신의 일을 할 뿐이라는 식의
고지식함은 일본인의 장점이자 단점이다. 묵묵한 태도에 감동하면서도 '굳이 저럴
필요가 있을까' 하는 심정도… _ 일본 도쿄 아사쿠사

물 속에 있을까요?

#041

내 시계가 여기 빠졌다고!

물속에 뭐가 있기에 저렇게 열중해서 들여다보는 것일까. 고기를 구경하는 게 아니라면
시계나 돈을 떨어뜨린 게 틀림없다. _ 슬로베니아 피란

저는 그와 둘이 찾고 싶었어요. 정 찾아지지 않으면 만들어 가면 되죠.

#042

엄마가 아빠랑 나, 집 나온 거 알아요?

'물의 정원'은 북한강을 끼고 자리 잡은 광대한 면적(484,188㎡)의 수변생태공원이다.
풍경도 풍경이지만 끝도 없이 길게 이어지는 산책로 규모가 경이로울 정도다.

_ 남양주시 조안면 물의 정원

그가 사라지면서 제 마음조각을 가져갔나 봐요. 마음 한 구석이 뻥 뚫린 것 같아요. 뚫린 구멍으로 바람이 스며들 어요.

#043

덮을 거 드려요?

발리 '스미냑비치'는 비치클럽이 집중된 탓에 젊은이의 낙원으로 불린다. 그만큼
여행자를 상대로 하는 장사치도 많다. 스미냑비치에 앉아 있으면 쉬지 않고 장사치를
상대해주어야 한다. _ 발리 스미냑비치

어지러워요. 삶의 현기증이 저를 친친 옭아매요.
거기 누구 없어요? 저 좀 도와주세요.

#044
거기 아무도 없어요?
홍콩섬 센트럴에는 옛 빅토리아 교도소를 리모델링해 복합문화공간으로 꾸민
타이퀀(Tai Kwun)이 있다. 현대미술 섹션인 'JC 컨템포러리' 내 회오리 계단은
타이퀀 최대의 인증샷 포인트. _ 홍콩섬 센트럴 타이퀀

이리저리 둘러봐도 내 주변에는 아무도 없어요.

#045

조용한 산책로

오후 6시면 문을 닫는 황학동 주방거리. 바로 옆 청계천변을 놔두고 그는 왜 인적 없는 골목에서 개와 산책을 즐기는 걸까. _ 서울시 중구 황학동

모든 게 부서져가요. 육신도 마음도. 그렇게 부서지다가
그에 대한 기억도 사라지겠죠.

#046

다 부셨네

내가 단골로 이용하던 식당이 흔적도 없이 사라졌을 때의 황망함.

_ 서울시 성북구 돈암동

버스하고 남자는 붙잡는 게 아니라면서요. 버스가 다시
오듯 남자도 다시 오니까요.

#047

저는 21번 버스 기다려요

왜 안 타냐고 기사가 묻거든 이 버스는 내가 타려는 버스가 아니라고 대답하라.

_ 서울시 정릉 아리랑시장 부근 버스정류장

정말 그럴까요? 제게도 꽃 피는 봄이 찾아올까요?

#048

봄을 향해 달려가고 있습니다

계절은 그냥 오지 않는다. 보고, 냄새 맡고, 만지고, 누려야 계절이 온 거다.

_ 서울시 성북구 흥천사 앞 버스정류장

제 인생, 전환점이 필요해요.

#049

앗싸 돌았다!

좌회전 신호 한 번 놓치면 오래 기다려야 한다. 바쁠 때는 심정이 타들어간다.
아슬아슬한 신호 앞에서 오토바이의 유연성은 빈 곳을 잘 파고든다.
_ 부산광역시 서구 아미동

더 이상 제 안에만 갇혀 있을 수는 없어요.

#050

나가봤자 살 타!

그늘에 옹기종기 모여 앉아 있는 아이들과, 햇빛을 피하지 못하는 공원 관리인의
모습이 대비된다. _ 서울시 서대문구 현저동 독립문

그곳은 너무 좁아요.

#051

태양을 피하고 싶었어

오토바이 운전자가 실금 같은 그늘 속으로 몸을 숨기고 신호 대기 중이다.

_ 서울시 서대문구 사직로 독립문고가차도

세상을 향해 당당하게 어깨 펴고 두 팔을 휘두르며 씩씩하
게 걸어가야 해요.

#052

쿵!

일본 전통복장 일색의 남자가 눈앞을 스쳐지나갈 때 스모 선수가 아닐까 하는 생각이 들었다. 유카타, 게다, 천 보퉁이, 촌마게(일본 전통 헤어스타일), 거대한 뒤태….

"선생님, 스모 선수 맞죠?"_ 일본 도쿄 우에노역

그러려면 경제적으로 자유로워야겠죠? 돈은 인생의 충분
조건은 아니지만 필요조건이거든요.

#053

저기 들어가려면 돈 내야 해

도심 한복판에 자리 잡은 놀이공원 '롯데월드'. 아파트 건물과 대비되는 성채와
놀이기구가 우리 안에 자리 잡은 판타지를 상징적으로 드러내는 듯하다.
_ 서울시 잠실 롯데월드

열심히 일해서 돈을 벌 거예요. 생선장사라고 못할까요? 새벽에 일어나서 좋은 물건을 떼다가 싸게 팔 거예요. 그러면 단골이 생기겠죠? 단골이 손님을 데려 오고, 그 손님이 또 다른 손님을 데려오고. 하하하, 생각만 해도 부자가 된 거 같아요.

#054

끙!

하루 종일 쪼그려 앉아 일하다가 손님이나 와야 허리를 펴보는 아주머니.
어시장의 활기는 고단함과 같이 간다. _ 강원도 삼척시 임원항

제 인생 제가 꼭 붙들어야죠. 인생의 속도에 넘어가지 않게, 마음의 변덕에 휩쓸리지 않게.

#055

제가 꼭 붙들고 있을게요

작은 차에 큰 짐을 실을 땐 오히려 사람을 한 명 더 태워야 한다.
짐을 붙들어야 하기 때문이다. _ 필리핀 팔라완 푸에르토프린세사

제 인생 제가 건져 올릴 거예요. 때론 늪에 빠져 허우적거리기도 하겠지만 절대 가라앉지 않아요.

#056

사람 낚는 어부

채로 고기를 뜰 수는 없다. 하지만 낚싯대로 잡은 고기는 채가 있어야 건져 올릴 수 있다.

_ 강원도 춘천시 의암호

이렇게 퇴장할 수는 없어요. 허무하게 사라지려고 태어난 인생이 아니라고요. 이래 뵈도 초등학교 때는 당당히 반장에 뽑혔고요, 다음에는 전교회장 선거에 나갔어요. 1학기 때는 떨어졌지만 2학기 때 다시 나가 결국 전교회장 타이틀을 거머쥐었어요. 중학교 때는 전국 글짓기대회에서 장려상을 받았고요. 고등학교 때는 '도전, 골든벨'에 출연해 결승에 진출했어요. 정말이지 진취적인 인생이었다고요.

#057

그림 속으로 걸어 들어간 사람 1

종로 돈의문 일대 도시정비사업 차 설치한 가림막. 때론 그림 속으로 행인이
걸어 들어가기도 한다. 물론 착시현상. _ 서울시 종로구 평동

그곳이 아무리 아름다운 곳이라고 해도 안주하지 않아요.

#058

그림 속으로 걸어 들어간 사람 2

핀란드는 다른 지역보다 빠른 시기인 10월 초, 단풍이 절정에 이른다.

사진 속 풍경은 육지에 둘러싸여 호수처럼 보이지만 바다다.

_ 핀란드 헬싱키 털런라흐티 베이(Töölönlahti Bay)

어떤 인생이든 후회가 따르긴 하죠. 제가 이 모양 이 꼴이어도 나름 돈 벌 기회도 많았고 괜찮은 남자한테 시집갈 기회도 많았어요. 오래 전에 제게 사업을 제안했던 친구는 지금 어엿한 기업체 사장님이 되었어요. 제게 프러포즈했던 남자는 존경 받는 교수가 됐어요.

#059

배를 빌렸어야 했어

슬로베니아는 블레드 호수로 유명하지만 차로 10분 거리에 그에 못지않은 보힌 호수가 있다. 알프스 눈 녹은 물이 흘러내려 차고 맑기가 수정 같은 곳. 막 수영을 마친 커플이 몸을 말리고 있다. _ 슬로베니아 보힌(Bohinj)

하지만 그것은 그들의 인생이에요. 후회할 가치도 없어요. 제가 같이 안 했기 때문에 친구가 사업에 성공한 것일 수 있어요. 저에게 프러포즈했던 남자는 아내의 내조 덕에 존경 받는 선생이 된 걸지도 몰라요. 선택의 옳고 그름은 없어요. 열심히 달리는 사람의 선택이 옳은 선택인 거죠. 하지만 일단 선택을 했다면 중요하지 않은 건 과감히 버리고 목표를 향해 걸어가야 해요.

#060

에잇, 유모차 버릴까

홍콩의 명물 이층버스가 홍콩에서 가장 오래된 서양식 시장 웨스턴마켓 앞을 지나고 있다. 더운 날씨가 못마땅한 아기는 자꾸 보채고 아빠는 아기를 안은 채 다른 팔로 유모차를 끈다. _ 홍콩섬 성완

아무리 성능 좋은 차도 후진으로 달리면 무슨 소용이에
요. 좋은 차로 후진하느니 고물차로 전진할래요. 잘 사는
게 별 건가요? 내 몸무게를 미래에 옮겨다 놓는 게 잘 사는
거죠, 설마 제 인생 제가 못 끌고 가겠어요?

#061

이래도 안 걸어?

맞벌이 부부가 많은 홍콩에서는 필리핀 메이드들이 살림을 책임진다. 강아지 산책도 메이드의 몫. 걷기 싫어하는 강아지를 빵으로 유인하는 메이드 아가씨. _ 홍콩섬 성완

이럴 수가! 그 사람이에요. 여기서 마주 칠 줄은 상상도 못
했어요. 이 동네 살지도 않으면서 대체 여긴 왜 온 거죠?
여긴 번화가도, 관광지도 아니에요. 특별한 이유 없이 올
곳이 아니라고요. 설마 내가 이곳으로 이사 온 것을 알아
낸 걸까요?

#062

전 남친 발견한 순간

많은 여성들이 햇빛을 적으로 생각한다. 얼굴 노화의 주범으로 알려졌기 때문이다.
태양 아래 떳떳하지 못한 그녀들. _ 서울시 중구 광희동 동대문역사문화공원

일이 꼬이네요.

#063

일이 꼬이네

서울 보문동 3대 중식당 '신진원'. 1981년 창업한 이래 수타면을 고집하고 있다.
_ 서울시 성북구 보문동

지금 들키면 곤란해요. 그를 만날 자신이 없거든요.

#064

천정에 머리가 닿을까봐

지하철 역사로 진입하는 등 굽은 할머니. 머리가 천정에 닿을까봐 잔뜩 몸을
수그린 것처럼 보인다. _ 서울시 지하철 독립문역

좀 더 내공이 쌓인 다음에 그를 볼래요. 팔다리 근육을 만들려면 운동과 단백질이 필요하지만 마음의 근육을 만들려면 시간이 필요해요. 머리가 나쁜 사람의 장점은 고통도 잘 잊어버린다는 거예요. 시간의 치유력을 믿어요. 제가 가진 망각의 힘을 믿어요.

#065

막간 체조시간

출근시간 지하철 플랫폼. 한 대의 차량이 떠나고 다음 차량이 도착할 때까지 2분 내지 3분의 시간이 주어진다. 이 시간을 이용해 체조를 하는 남자가 있다. 단 1분의 시간도 허투루 보내지 못하는 '시간 수전노'는 속절없이 극한경쟁에 내몰렸던 베이비부머 세대의 대표적인 특징이다. _ 서울시 지하철 성신여대역

정상적인 삶의 궤도에 올라선 다음에 그를 만날 거예요. 혼란스러운 이 시간이 지나고 모든 게 정상이 되면, 그때는 제가 먼저 전화할 거예요. 너는 나에게 최고의 남자였으니 최고의 친구도 될 수 있을 거라고. 서로의 삶을 응원하는 선량한 지지자로 남자고.

#066

헉헉

다행히 그는 열차를 놓치지 않았다. 철도 교통의 요지 서울역은 중구와 용산구에
걸쳐져 있다. 대기 중인 열차는 용산구에 머리를, 중구에 허리 아래를 놓아두는 식이다.
용산구로 걸어 들어와 중구에 있는 차를 타는 남자.

_ 서울시 중구 봉래동 혹은 용산구 동자동

안타깝게도 지금은 안개 속을 걷고 있어요. 너무 막막해서 내가 서 있는 곳이 어딘지, 어디로 가야할지 보이지 않아요. 하지만 안개는 걷히게 되어 있어요. 그것은 물방울에 불과하니까요.

#067

"준비 땅!" 하면 뛰는 거야

고래 뼈 같은 분수 터널 앞에 모자가 서 있다. 아이는 지금 자기 눈앞에 있는 게 물방울 인지 안개인지 구름인지 종잡지 못한다. 그게 다 한 가지인 줄 모르므로.

_ 경상북도 포항시 대잠동 포항철길숲

그때가 되면 당당하게 출발 라인에 설 거예요.

#068
점퍼 공동구매했어요

많은 나라에서 자전거 탈 때 따로 타이즈를 입지 않는다. 대부분 일상복 차림을 고수한다. 그들에게 자전거는 레저스포츠가 아니라 생활이다. _ 체코 프라하 누가 뭐래도 굴하지 않고 나의 길을 올곧게 달릴 거예요.

#069

휴일에 놀면 머하노

진입로에 '국토종주 남한강 자전거길'과 '북한강철교'라는 이름이 나란히 씌어 있어 북한강 소속인지 남한강 소속인지 헷갈리는 이 다리. 남양주와 양평을 잇는 이 다리의 원래 이름은 '양수철교'이다. 중앙선 신양수철교가 들어서면서 구 교각은 자전거길이 됐다. _ 경기도 남양주 조안면, 양평 양서면

제 앞길은 환하게 열려 있을 거예요. 도로는 잘 포장되어 있고, 장애물 따위 없을 거예요. 돌멩이 하나 떨어져 있지 않은 탄탄대로일 거예요.

#070

비켜!

달리는 속도와 관계없이 복장을 갖추고 뛰는 사람에게서는 비장미가 느껴진다.

_ 서울시 성북구 성북천

그런데 왜 이렇게 마음이 휑할까요. 아무리 마음을 강하게 먹으려고 해도 헛헛함을 견딜 수 없어요. 저를 보호해 줄 문도, 창도, 담도 없는 집, 사방이 뻥 뚫린 집에 들어 앉아 있는 기분이에요.

#071

세금을 얼마나 내는데 여적 문짝도 안 해달고

왕릉이나 궁궐 입구에 세우는 홍살문은 신성한 구역에 들었음을 나타내는 표식이다.
삼국시대부터 그 흔적이 보이는 홍살문은 문과 담 없이 기둥 두 개와 붉은 화살로
이루어져 있다. 붉은색은 악귀를 막는다는 뜻이 있다. 성북구에 있는 정릉은
조선 태조의 계비인 신덕왕후의 능이다. _ 서울시 성북구 정릉

이유는 있어요. 다들 짝이 있고 친구가 있는데 저만 혼자
인 거예요. 나이 들면 남편보다 친구라는데 저는 마음을
나눌 친구 하나 만들지 못했어요. 이상하죠? 닫으면 닫을
수록 헛헛해지는 게 마음 문이라니.

#072

밥해주고 얼른 나왔잖아

중년여성 둘이 벚꽃이 만발한 공원을 찾아 한담을 나누고 있다. 우리나라 여행지에서
20대 여성 쌍은 흔해도 중년여성 쌍은 드문 편이다. 집안 대소사가 젊은 날의 우정까지
앗아가는 걸까. _ 경상남도 통영시 정량동 이순신장군공원

끼리끼리 어울려 살아가는 사람들…. 때로는 힘이 되어주고 때로는 의지하면서 그렇게 잘들 살아가는데 저만 혼자네요.

#073

뭐 하러 산으로 캠핑가노

코로나19가 한창이던 무렵, 전 국민이 외출을 자제했다. 떠나지 못하는 아쉬움을
집 앞 공원에서 야외 피크닉으로 달래는 이들. _ 경기도 성남시 시민공원

저를 찾는 이 아무도 없어요.

#074

손님이 없네

2020년 봄, 코로나19 여파로 태종대유원지가 코끼리열차 운행을 잠정 중단했다.
방문자 수가 반의 반으로 줄어들면서 영도등대 갯바위 해녀촌도 파리를 날리고 있다.
_ 부산광역시 영도구 태종대유원지

이렇게 한평생 무언가를 기다리다가 끝나는 게 아닐까요?
수많은 기회가 눈앞으로 스쳐 지나가는데 그걸 멍청하게
바라보고만 있는 거예요. 그것이 저절로 제 앞에 멈춰서
기만 기다리면서요.

#075

버스가 안 오노

하얀 꽃그늘 아래, 등산가방을 짊어진 알록달록 아주머니들이 버스를 기다리고 있다.
_ 부산광역시 사하구 을숙도생태공원

솔직히 말하면 저는 어떻게 생긴 게 기회인지 잘 모르겠어요. 일생에 기회가 몇 번은 온다고 하는데 저는 기회란 것을 본 기억이 없어요. 어떤 기분이냐면요 기회가 저만 보면 숨는 거 같아요. 보이지 않으니 잡을 수도 없죠. 사랑도, 우정도, 명예도, 돈도 다 남의 것.

#076

엄마다, 숨어!

언제부턴가 사람들이 등을 찍기 시작했다. SNS에 올라온 #뒤태, #뒷태, #등샷 사진은
50만 건이 넘고 해시태그 없이 등샷을 올리는 경우까지 포함하면 헤아릴 수 없이
많다. 등이 등장하는 순간, 사진에 스토리가 자리 잡는다는 것을 다들 알고 있는 걸까.
_ 부산광역시 사하구 을숙도생태공원

다들 자기 인생을 굴리며 사는데 저만 정체되어 있어요.

#077

의자에는 바퀴가 있다

이른 봄날, 양지뜸에 모여 도란도란 이야기를 나누는 할머니들. 마땅히 앉을 만한 데가 없는지 의자를 끌고 나왔다. 의자는 무거워 보였지만 다행히 바퀴가 달려 있었다.

_ 경상남도 통영시 도천동 윤이상기념관

누가 저만치 앞에서 길을 안내해주었으면 좋겠어요. 이 길이 맞다고 저 길로 가면 안 된다고. 지금이 맞고 그때가 틀렸다고. 친절한 인생 내비게이션이 필요해요.

#078

코로나 시대의 사랑

마스크 쓴 것도 모자라 앞서거니 뒷서거니 걷는 중년 커플. 나란히 걷는 데 익숙하지
않은 탓일까, 코로나 때문일까. _ 경상남도 통영시 정량동 이순신장군공원

#079

돌겠네

성남 책테마파크 안쪽으로 천체를 형상화한 구조물이 자리 잡고 있다.

원심력에 붙들린 행성처럼 원을 따라 달리는 아이.

경기도 성남시 율동 책테마파크

누가 내 마음을 이렇게 부러뜨린 걸까요. 누가 내 마음을 산산조각 낸 걸까요. 붙일 수도 없고, 이을 수도 없는 내 마음. 갈가리 찢겨나간 내 마음.

#080

어제 어디 계셨죠?

빅토리아 공원의 나뭇가지를 툭툭 부러뜨린 범인은 태풍 망쿳. 초속 48m의 강풍이
한 짓이었다. _ 홍콩섬 코즈웨이베이 빅토리아공원

누가 이렇게 만들었죠? 누가 인생은 살 만한 거라고 했나요. 완벽한 인생은 바라지도 않아요. 그저 조금 덜 아프면서 살고 싶어요.

#081

이거 누가 만들었어?

시장 사람들이 겨우내 먹을 김장을 담그고 있다. 청년의 얼굴이 평가를 기다리는
신입사원처럼 초조하다. _ 서울시 성동구 마장동

어디로든 숨고 싶어요. 아무도 나를 찾지 못하는 곳으로.
세상이 나라는 존재를 잊어주었으면 좋겠어요. 죽고 싶지
만 제가 죽으면 사람들이 더 기억할까봐. 제 죽음을 두고
함부로 동정하고 가십거리로 삼을까봐 죽지도 못하겠어
요.

#082

요정들의 보호색

무민과 산타클로스의 나라 핀란드. 아이들조차 동화 속에서 튀어나온 듯하다.

_ 핀란드 헬싱키

참담 그 자체예요. 의욕이 전멸했어요.

#083

닭나라 닭병정 전멸 사건

방송을 탄 뒤로 몰려드는 손님 때문에 하루 종일 닭 굽는 연기가 피어오르는
'참나무 닭나라'. 포장 판매만 한다. _ 서울시 성북구 성북동

아무 희망도 안 보여요. 죽음조차 구원이 되지 못하는 인생이라니. 이게 사는 건가.

#084

쑥이 어딨노

봄이 왔지만 가을의 흔적은 사라지지 않았다. 갈대밭 사이를 뒤지며 무언가를 찾는
아주머니들. _ 부산광역시 사하구 을숙도생태공원

땅 속으로 사라지고 싶어요.

#085

열중

이른 봄, 모처럼의 훈풍 속에서 나물 캐기에 열중하는 아주머니. 땅 속으로 들어갈 기세다. _ 경상남도 통영시 문화동 마음을 들키는 게 두려워요. 처지를 알리고 싶지 않아요.
딱 나만 가려주는 구름 같은 게 내 머리 위에 떠 있었으면
좋겠어요.

#086

파라솔이 별 거여?

공원 입구에 난전을 차린 아주머니. 봄철 자외선의 공격을 우산으로 받아내고 있다.

_ 경기도 성남시 분당구 율동공원

남들은 꽃길만 걷는데…

#087

나무에 핀 꽃, 모자에 핀 꽃

아주머니 모자에 올라앉은 꽃은 무늬일까, 배꽃이 떨어진 걸까.

_ 서울시 노원구 중계본동

저는 사막을 헤매요.

#088

젠장 사막부터 건너야 했어

영주 무섬마을에 가려면 외나무다리를 건너야한다. 물 위에 떠 있는 섬이라 하여
'무섬마을'이 된 이곳은 낙동강의 지류인 내성천이 휘감아 돌면서 물에 고립됐다.
_ 경북 영주시 문수면 무섬마을

어둔 동굴 속을 헤매요.

#089

표류

우리나라에서 유일하게 보트를 타고 동굴탐험을 할 수 있는 언양 자수정동굴. 필리핀 팔라완의 언더그라운드리버를 연상시킨다. 동굴 여기저기 박혀있는 보랏빛 자수정이 볼거리. _ 울산광역시 울주군 언양자수정동굴 사람들아, 나 밀지 좀 마. 떨어진단 말이야.

#090

미, 밀지마

보기만 해도 시원한 래프팅. 보트에서 튕겨 나가지 않게 애를 쓰다가도 물살이 잔잔한 곳에 이르면 너나할 것 없이 물에 뛰어든다. _ 경상북도 봉화군 청량산

제게 시간을 주세요. 찾지도 말고, 묻지도 말고, 위로하지
도 말고 잠깐만 가만히 내버려두세요. 전화가 와도 안 받
을 거예요. 단톡방에도 초대하지 마세요.

#091

반갑구만 반가워

권투 경기에 있어 홀딩은 상대를 껴안아 덜 때리게 하는 게 목적이다. 그러나
경기장이 아니라면 반가운 친구를 만나 얼싸 안는 것처럼 보인다. 경기장에서는 홀딩,
일상에서는 허깅. _ 태국 방콕 라차담넌 무에타이체육관

제가 감당하기에 이 세상은 너무 난코스에요. 피할 수 없으면 즐기라는 말이 있죠. 즐길 수 없으면 피하는 게 맞지 않나요? 누구는 타인이 놀이공원이라는데 저는 타인이 지옥 같아요. 그래서 친구도 못 만들고 사랑하는 사람도 없어요.

#092

사나이 가는 길에 계단이 웬말이냐

사나이는 편한 길을 거절한다. _ 경기도 양주시 불곡산

앞길이 까마득해요.

#093

저기까지 걸어올라 가는 거야

아파트 20층 높이의 점프대에서 뛰어내리려면 얼마나 담이 커야 할까.

_ 평창 동계올림픽 스키점프대

다들 용케 잘들 살아가는데,

#094

저 사람들 어떻게 갔노

우암반도에서 오륙도는 엎어지면 코 닿을 거리지만 배를 타지 않고는 갈 방법이 없다.
사람들이 600m의 바닷길을 건너는 가장 큰 이유는 낚시 때문이다.

_ 부산광역시 남구 용호동 오륙도 해맞이공원

배 두들기고 잘만 사는데,

#095

젓가락 만들어드려요

대나무 제재소에 대나무가 산처럼 쌓여 있다. 저 대나무로 젓가락을 몇 개나 만들 수 있을까. _ 경상남도 산청군 단성면

자기 자리 지키며 잘들 사는데,

#096

1인 1벤치

공항철도가 끊기기 전에 도착한 사람들이 비행기를 기다리며 눈을 붙이고 있다.
비행기는 날이 밝아야 뜰 것이다. _ 인천광역시 인천공항 대합실 저는 자리조차 못 찾고 있어요.

#097

분업

인부 두 명이 전통식 담장 공사를 사이좋게 마무리 짓고 있다. _ 서울시 성북구 흥천사 시간의 이름은 여러 가지예요. 꽃을 줄 땐 계절이라고 하고 사람을 병들고 늙게 할 땐 세월이라고 하죠. 몸도 지치고, 마음도 지치고, 통장도 바닥나고, 사람들은 떠나고….
이게 사는 건가.

#098

벚꽃놀이가 다 뭐여

꽃그늘 아래서 일하면 일이 더 잘 될까, 일이 손에 안 잡힐까.

_ 대전광역시 대청호 오백리길

왜 이렇게 세상은 환한 거죠? 나만 빼놓고 다들 즐거워 보이네요. 사람들아, 마음껏 즐기려무나. 계절아, 나를 놀리려무나! 비웃으려무나!

#099

너는 마스크 썼을 때가 제일 예뻐

얼굴을 가리고 얼굴 사진을 찍는 아이들. 코로나는 색다른 추억을 낳는다.

_ 부산광역시 광복동 용두산공원

구름아, 너는 참 가볍구나, 오래 전에 지상에서 너를 만났던 적이 있지. 그때 너는 안개의 모습이었어. 더듬더듬 안개 속을 짚어 한참을 올라가니 거짓말처럼 시야가 환하게 트였지. 정상에 도달한 거였어. 산정에는 구름 한 점 없었어. 너는 발아래 뭉실뭉실 깔려 있었지. 아름다웠어. 구름아, 너는 그런 거였어. 밖에서 보면 더할 나위 없이 아름다운데 그 안에 있으면 무섭고 막막하지. 그러고 보면 아름다움은 위치야. 어디서 보느냐가 중요한 거지.

#100

안과 밖 모두 맑음

단풍이 아름다워 붉은치마라는 뜻을 가진 적상산. 이곳에는 덕유산과 무주호를
한눈에 내려다볼 수 있는 적상전망대가 있다. 전망대의 모양이 원통인 것은
건물 자체가 수조이기 때문이다. 이 수조는 무주양수발전소가 갑자기 멈출 경우
수로 속 수압을 조절하는 기능이 있다. _ 전라북도 무주군 적상전망대

뚜벅뚜벅 걸어 나가다 보면 구름을 볼 수 있을까요? 막막한 안개가 아니라 몽실몽실 떠가는 뭉게구름 말이에요. 다 지나고 나면 지금의 고통도 추억이 될까요?

#101

신랑님, 단독행동 하지 말아주세요

풍경이 아름다운 곳은 웨딩촬영 장소로 사랑받는다. 사랑하는 신부가 곁에 있으니
기분이 업된 걸까. 신랑이 포즈를 과하게 취하고 있다. _ 대만 타이중 고미습지

세상은 그대로예요. 그것을 안개로 받아들일지 구름으로 받아들일지는 제게 달렸죠. 생각이 삐뚤어지니 세상을 삐딱하게 바라볼 수밖에요.

#102

잘 좀 하자잉!

기분이 업 되서 오버하는 신랑도 있지만 시키는 것도 제대로 못하는 초보(?) 신랑도 있다.

_ 필리핀 세부 레아성전

너무 오랫동안 묶여 있었어요. 마음에서 헤어 나오질 못하니 숨이 막히는 게 당연하죠. 사람들은 그걸 '마음의 감옥'이라고 불러요. 교도소에서 탈출하면 탈옥죄가 되지만, 마음의 감옥에서 탈출하면 자유가 상으로 주어져요.

#103

제대로 끼었네

원효대사와 요석공주의 전설이 살아 숨 쉬는 월정교. 통일신라시대에 지어져 500년간 존속하던 이 다리는 전란 중에 불타 사라졌다. 현재 모습은 기록에 상상을 보탠 것이다.

_ 경주시 교동 월정교

엄마가 보고 싶어요. 늘 저를 위해 기도하시죠. 저 하나만
바라보면서 모든 것을 희생하고 살았는데 제가 이러고 있
는 걸 알면 얼마나 속상하겠어요.

#104

기도

산책로 난간 사이에 액자처럼 박힌 여인. 절을 바라보며 한 자리에서 오랫동안 기도에 몰두했다. _ 서울시 성북구 돈암동 흥천사 저도 저를 위해 두 손을 모아봅니다. 그동안 엄마가 해온 기도가 있고, 거기에 제 기도를 얹었으니 꼭 들어주실 거예요.

#105

제 인생 잘 부탁드립니다

두 손을 모으는 것은 비슷하지만 기독교에서는 하늘을 우러러 기도하고,
불교에서는 자아를 접는다는 의미에서 허리를 꺾어 절한다.
_ 경상남도 양산시 통도사

부디 수렁에서 저를 건져 올려 주세요.

#106

구해줘!

바다 속으로 사라지는 중일까, 땅 위로 솟아오르는 중일까.

_ 경상북도 포항시 남구 호미곶

삶의 불씨가 다시 살아나도록.

#107

불꽃을 피우리라

공사 현장에는 5원소가 다 있다.

불이 있고, 물이 있고, 쇠가 있고, 나무가 있고, 흙이 있다. _서울시 어딘가

그리하여 삶의 열정을 불사르도록.

호떡집에 불난 사건
호떡은 오랑캐떡이라는 뜻이지만 호떡을 만들어 팔던 이는 사실 중국인이다.
중국인을 얕잡아보느라 호떡이라 이름을 붙인 것. 개화기 중국인이 운영하는 호떡집은
불난 듯 장사가 잘됐다. _ 경상북도 포항시 중앙동 영일만친구 야시장

221

앞으로도 많은 사건들이 저를 찾아오겠죠? 운명이 내 뒤통수를 치면 저도 운명의 뒤통수를 때릴 거예요. 운명이 저를 심해에 밀어 넣으면 잠수복을 입을 거예요. 운명이 저를 낭떠러지로 밀면 낙하산을 펼 거예요. 등 떠밀려도 걱정하지 않아요.

"그럴 줄 알고 준비했지!"

운명이 두 손 들 때까지 온갖 수를 준비해둘 거예요.

#109

바다 속으로 출근합니다

해녀는 제주도만 있는 것이 아니다. 부산에도 있었고 흑산도에도 있었다. 그리고 울진 죽변항에서도 해녀를 만날 수 있었다. 1월 한겨울에도 그녀들은 작업을 쉬지 않았다.

_ 경상북도 울진군 죽변항

물에 빠진대도 허우적거리지 않을래요. 그냥 있을래요.
물에 적응되면 물 밖보다 물속이 편한 법이죠.

#110

파도타기 관람

초보 서퍼는 계속된 실패 끝에 파도를 붙잡을 수 있었다.
이국의 여행자 둘이 관객이 되어 서퍼를 응원하고 있다. _ 인도네시아 발리 따바난

225

창 없는 고층건물을 사람들은 교각이라고 부르죠. 화려한 빌딩도 좋지만 튼튼한 다리가 되어 세상을 떠받치는 것도 멋지지 않아요? 내 이익을 위해 살면 끊임없이 불만이 생기지만 '험한 세상의 다리'로 살면 영혼이 만족해요.

#111

빌딩에 창이 없노

다리의 하중과 센 물살을 견디려면 교각은 크고 튼튼해야 한다. 삼척항과 오분을 잇는
'이사부 독도 평화의 다리' 공사 현장. 다리 상판을 얹기 전 교각이 창 없는 빌딩처럼
보인다. _ 강원도 삼척시 삼척항

교각처럼 살지 못한다 해도 시멘트처럼 견고한 마음을 갖고 싶어요.

#112

인더스트리아

시멘트공장 단지는 거대하다. 석회석이 시멘트가 되기까지 분쇄기, 예열탑, 소성로, 싸일로, 수송관 같은 대형시설이 필요하다. 시멘트공장 단지 앞에 서면 애니메이션 '코난' 속 인더스트리아가 떠오른다. _ 강원도 삼척시 삼척항

새로운 항해에 나서고 싶어요. 거친 파도가 달려들어도 끄떡없는, 강한 마음을 갖고 싶어요.

자차수리
어선의 선장은 고기잡이에 나서기 전 자기 배를 수리한다. 목공, 철공, 전기, 도장
그 모든 것을 혼자 한다. _ 경상남도 포항시 구룡포

비가 오든 눈이 오든 굴하지 않고

#114

우산 쓰고 뱃놀이

더운 나라에서 비는 일상이다. 우기라면 더욱 그렇다. 비는 삶에 어떤 영향도 끼치지 않는다. 그들에게는 '우천시'라는 단어가 없다. _ 필리핀 팔라완 푸에르토프린세사

난관이 닥치면 밟고 가면 되죠.

오빠 저 사람 뭐야? 몰라, 밟고 가

극적인 셀카를 얻기 위해 바닥에 드러누운 남자. 그는 원하는 사진을 얻었을까.

_ 강원도 삼척시 촛대바위길

뜻하지 못한 일과 맞닥뜨려도 태연하게 맞이하기로 해요. 길을 가다 비가 내리면 비누를 꺼내서 샤워를 하는 거예요. 번개가 치면 콩을 던져 구워 먹는 거예요. 남자가 나를 버리면 나도 그를 버려요.

#116

물대포

세련된 인테리어의 커피전문점만 있는 것은 아니다. 변두리 구도심에는 칸막이를 대신하는 수족관과 '비로도 소파'가 있는 옛날식 다방이 성업 중이다.

_ 인천광역시 동구 송현동 경기다방

인생은 계속되어야 하니까요.

#117

연쇄사진사건

맨 앞 사람은 바로 뒤에 오는 사람에게 영향을 주고, 뒷사람은 그 뒤에 오는
사람에게 영향을 준다. 사람은 조금씩 변형되고 달라지면서 맨 처음으로
돌아온다. 먼 거리를 돌아온 사람과 원래부터 그 자리에 있던 사람은 위치만
같을 뿐 차원은 완전히 다르다. _ 핀란드 헬싱키 수오멘린나섬

혼자 돼서 깨달았어요.

#118

고독이 몸부림칠 때

있는 힘을 다해 온몸을 흔들고 부딪는 것을 몸부림이라고 한다. 세상으로부터 떨어져
있고자 하나 세상이 내버려두지 않을 때가 있고, 세상에 붙어 있고자 하나 세상이 밀어
낼 때가 있다. 전자는 몸부림치며 고독을 갈구하고, 후자는 고독이 깊어 몸부림친다.

_ 슬로베니아 피란

내 삶은 누구의 것도 아닌 나의 것이라는 걸. 공동의 삶은 가능해도 공동 소유의 삶은 불가능해요. 두 사람이 딱 일치하는 공통의 기억이 존재하지 않는 것처럼요. 사랑은 자기 삶을 잘 꾸리는 두 사람이 만나 더 멋진 삶을 만들어가는 작업이에요. 자기 삶이 없는 사람은 상대의 삶조차 인정하지 못해요.

#119

자기 얼굴은 자기가 찍자구

자기 없으면 못살아! 이런 마음을 만드는 것은 혼자 있는 시간이다.

_ 경상남도 거제시 도장포 바람의언덕

내가 정말 작게 느껴질 때

#120

인간은 작고,

내장 잃은 생선이 빨랫줄에서 말라가고 있다. 그 아래로 사람이 걸어가고 있다.

사람은 작다. 사람이 안고 있는 문제는 더 작다. _ 강원도 삼척시 초곡항

너무너무 작게 느껴질 때

#121

대체 내가 어딨다는 거야?

예의, 체면, 도리…. 공동체 생활에 꼭 필요한 것들이지만 이런 과제에 집중하다 보면 내가 어디 있는지 잊을 때가 있다. 내가 잘 안 보일 때가 나를 돌봐야 할 때다.

_ 부산광역시 남구 용호동 SK뷰 전경

제 곁에 사람들이 있다는 것을 깨달았어요.

#122

바다는 위로다

광대무변한 풍광, 휘몰아치는 바람, 평안한 바다 내음 이런 것들 때문이 아니다.
누구의 것도 아니고 누구를 위한 것도 아니라는 사실 때문에 바다는 위안을 준다.
_ 부산광역시 중구 부산항 제뢰등대

그들은 나의 친구는 아니지만 친구보다 더 친구에요. 아무 말 없이, 조건 없이 제 곁에 있어주니까요. 나와 상관없이 살아가는 사람들. 저마다의 인생을 사는 사람들. 저들이 안고 있는 슬픔의 깊이를 내가 못 헤아리듯 그들도 내 슬픔을 모르죠. 하지만 눈빛으로 백 마디 이상의 말을 주고받아요. 사는 거 힘들지? 질문 속에 대답이 들어 있어요. 살아가는 거 참 힘들다, 그치?

#123

뻘짓 그만 하고 가자

시간은 나를 기다려주지 않는다. 하지만 사람은 나를 기다려준다.

_ 제주도 제주시 세화해변

저녁이어요. 날이 어두워지려고 해요. 집에 갈 시간이어요. 고기들도 다 집에 갔나 봐요. 낚싯대를 드리우던 아저씨도 퇴근을 서두르네요.

#124

강태공의 칼퇴근

인천 북성포구는 수도권에서 유일하게 파시가 열리는 곳이다. 물때가 되면 싱싱한 횟감을 사기 위한 행렬이 장사진을 이룬다. 횟감 우럭이 중량을 달 것도 없이 한 쟁반 가득 만 원. 시시각각 달라지는 북성포구의 하늘빛과 물빛은 덤이다. 북적대던 파시도 끝나고 고깃배도, 손님도 다 돌아간 시간, 포구를 지키던 낚시꾼마저 낚싯대를 거둔다.
_ 인천광역시 중구 북성동 북성포구

저도 이만 갈래요. 집이 저를 기다려요. 가정이나 사람을 말하는 게 아니에요. 집, 건물을 말하는 거예요. 두 다리 뻗고 누울 수 있는 곳, 가스레인지에 물을 올리고 라면을 끓여 먹을 수 있는 곳. 저의 냄새가 스며있는 곳, 저에게 냄새를 나눠주는 곳. 집의 냄새는 사람의 냄새를 닮아있죠. 그래서 집은 세상에서 가장 익숙하고 편한 곳이에요. 내가 버리기 전까지 내 집은 거기 있을 거예요.

#125

내가 문도 안 잠그고 나갔었군!

오라는 곳은 없어도 갈 데는 많다는 말은 누구에게나 유효하다. 낮 동안 시민들이
쉬어가던 정자는 밤이면 집 없는 이들의 안식처가 된다.

_ 부산광역시 중구 광복동 용두산공원

집에 가만 누워 있으면 내일이 나를 찾아오겠죠. 그렇게 인생은 계속될 테니 버스도 다시 오고 사랑하는 사람도 다시 오겠죠.

#126

엄마 저 지금 가요

우리나라에도 경성전차라는 이름으로 트램이 운행됐었다. 트램은 버스보다 많은
사람을 실을 수 있고, 무인수송이 가능해 그 가치를 새로이 인정받고 있다. 일본에는
현재 20여개 도시에서 트램을 운행 중이며, 우리나라도 곧 부활할 예정이라고 한다.
_ 일본 에히메현 마쓰야마시

제 마음은 제가 지킬게요.

노점금지

#127

순찰

2008년 2월 10일, 남대문에 화재가 발생했다. 국보 1호가 불타는 장면은 전국에
생중계되었고 많은 사람에게 충격을 주었다. 방화범은 10년 징역형을 받고
만기출소 했다. 순찰대원이 남대문 주위를 돌고 있다. _서울시 중구 세종대로 남대문

절망의 터널을 통과했으니 밝은 세상이 오겠죠.

#128

터널 끝에는 동굴이 기다리고 있다

긴 터널을 지나면 밝은 세상이 있다고 믿는 것은 착각, 인생이란 터널과 동굴을
반복하며 지나는 것이다. 어둠을 어떤 태도로 지나느냐에 따라 그의 운명이
결정지어질 뿐이다. _ 서울시 용산구 갈월동

앞으로 할 일이 많아요.

#129

오늘 할당량

시작이 반이라는 말은 조금도 과장이 아니다. 시작하는 게 가장 어렵다. 하지만
작심삼일이라는 말도 있다. 시작하는 게 가장 어렵다면, 계속하는 것은 그 다음으로
어렵다. _ 필리핀 세부공항

좋은 사람도 만날 거예요. 나와 같은 곳을 바라보는 사람.

#030

동시촬영사건

아사쿠사 센소지 정문으로 입장해 경내를 다 둘러보고 나면 이천문(二天門)으로 빠져 나오게 된다. 두 외국인이 마무리 기념사진을 찍고 있다. _ 일본 도쿄 아사쿠사 센소지

나만 사랑해줄 사람. 내가 손으로 먼 곳을 가리킬 때, 내 얼굴을 바라보면서 내 뺨에 키스해줄 사람.

#131

자기야, 저게 뭐야?

낭만은 푸른 초원에만 있는 게 아니다. 초고층빌딩이 '구름 위'라는 낭만을
실현시켜주기도 한다. _ 태국 방콕 마하나콘빌딩 전망대

나를 위해 등불을 밝혀줄 사람!

#132

널 위해 준비했어!

사랑하는 사람을 위해 만 개의 촛불을 켤 수 없다면 만 개의 등이 있는 곳을 찾아

사랑을 고백해보자._ 서울시 종로구 견지동 조계사

미래의 연인에게 바라는 건 거기까지예요. 저는 홀로 설 거예요. 그래야 내 무게에 상대가 쓰러지지 않거든요. 누구든 마찬가지에요. 가족, 연인을 사랑한다면 상대를 지게꾼으로 이용해서는 안 돼요. 이제야 그를 용서할 수 있을 거 같아요. 그가 왜 떠났는지 알 거 같아요. 그는 삶이 심각해진 나머지 사랑이 달아나는 것을 견딜 수 없었던 거예요. 사랑이 자기를 버리기 전에 사랑으로부터 달아난 거죠.

#133
여기는 나 혼자네
드레스덴은 어디를 가나 사람이 바글바글하지만 워낙 볼거리가 많다보니
인적이 드문 곳도 드물게 존재한다. _ 독일 작센주 드레스덴

내 마음을 지킬 거예요.

#134

근무 중 이상 무

2020년에는 전염병 확산 방지를 위해 일반인의 방문을 차단했지만 원래 거제도
포로수용소는 전쟁 포로의 이탈을 막기 위해 1년 365일 굳게 문이 닫혀 있던 곳이었다.
당시 보초병 모형. _ 경상남도 거제도 포로수용소 유적공원

이제 마음 속으로부터 당신을 떠나보낼게요.

#135

당신을 지웁니다

비 오는 날의 숲은 치유의 습기로 가득 차 있다. 숲의 습기가 마음의 습기를 말려준다.
　제주도 서귀포 수망리 중잣성 생태탐방로

희망을 찾아 인생의 수레를 밀고 나갑니다.

#136

모퉁이만 돌면 집이다!

사방이 꽃 천지인 동네에서는 꽃구경이 의미 없다. 할머니는 빨리 집에 가고 싶은
마음뿐이다. _ 전라남도 구례군 산동면 산수유마을

시간은 우리를 기다려주지 않아요.

#137

시간은 공평하지 않다

시험에 패스해야 하는 사람에게 시간은 무척 빨리 흐른다. 달콤한 연애에 빠져 있는
사람에게 시간은 미친 듯이 빨리 흐른다. _ 서울시 성북구 동선동

우리는 버스를 기다려도 버스는 우리를 기다려주지 않는 것처럼요.

#138

버스를 기다리는 시간

떠나는 것만큼 설레는 일이 있을까. 무사히 돌아온 것만큼 안도할 일이 있을까.
버스를 기다리는 시간만큼 지루한 일이 있을까. 간발의 차로 버스를 놓쳤을 때처럼
속상한 일이 있을까. _ 태국 치앙라이

뒤돌아보지 않을래요.

#139

저거 살까?

세상의 모든 노점에는 사람을 끌어당기는 무엇이 있다.

_ 핀란드 헬싱키 시벨리우스공원

제 인생 제가 끌고 갈래요.

#140

수레를 사지 않는 이유

홍콩 시내에서 만나기 힘든 것은 주차장, 자전거, 오토바이, 리어카상이다. 홍콩은 1인
당 GDP가 높지만 땅값이 천문학적으로 비싸다. 할머니가 수레를 사지 않는 것은 돈이
없어서가 아니다. 그것을 주차할 땅을 먼저 사야 하기 때문이다. 그것은 배보다 배꼽이
큰 일이다. _ 홍콩섬 성완

누가 뭐래도 내 할 일을 할 거예요.

#141

볼일 보는 거 아니시죠?

많은 사람이 오가는 공원에서 노상방뇨를 저지를 만큼 간 큰 사람은 흔치 않다. 그의
요상한 뒷모습은 카메라 앵글이 부른 오해일 뿐. _ 부산광역시 사하구 을숙도생태공원

새 아침이 밝았어요.

#142

국민체조 시작!

탁 트인 공간을 보면 달리고 싶어 하는 사람이 있고, 활개를 펴고 눕고 싶어 하는 사람이 있다. 어떤 사람은 체조를 한다. _ 홍콩 구룡 침사추이 여객선터미널

넓은 세상을 바라볼 거예요.

#143

것 봐, 놀이공원보다 바다가 볼 게 많지!

한겨울 바닷가에서는 갈매기도 사람도 서로의 존재에 큰 신경을 쓰지 않는다.

_ 강원도 동해시 추암해변

오늘은 다 잊고 편히 잘래요.

#144

편안한 잠 1

오늘 하루 간절하게 뽑히기를 원했으나 결국 기계 안에 남았고, 밤이 왔다.

"고생 많았다, 이만 자려무나!" 인형들이 편히 잘 수 있도록 오락실 주인이 조명을
낮춰주었다. _ 서울시 서대문구 홍대입구역 부근 오락실

모든 걸 다 잊고 잠자리에 들래요.

#145

편안한 잠 2

서울역 일대, 공원과 지하철역사 벤치에는 하나같이 철봉이 박혀 있다.
노숙자들이 잠자느라 벤치를 점거하는 것을 막기 위해서다. 하지만 철봉을 베개 삼는
것은 생각하지 못한 듯하다. _ 서울시 서대문구 지하철 충정로역

내일은 좋은 일이 생길 거예요. 장마라고 비만 오는 게 아니잖아요. 구름이 걷히면 하늘에 무지개가 걸리죠. 무지개는 반원처럼 보이지만 사실은 둥근 원이에요. 나머지 반은 땅속에 감춰져 있어요. 대지가 무지개를 반만 내놓는 것은 상상의 여지를 남기기 위해서예요. 사람들은 그걸 희망이라고 부르죠.

#146

강철무지개

'겨울은 강철로 된 무지갠가 보다' 혹독한 식민의 시절, 시인 이육사는 강철처럼
차고 단단한 감옥 안에서도 희망을 잃지 않았다. '서릿발 칼날진' 계절이 지나면
반드시 따뜻한 봄날이 온다는 것을 알고 있었기 때문이다.

_ 부산광역시 영도구 태종대유원지

찬란한 푸른빛이 나를 기다릴 거예요.

#147

한강 옆 오솔길

한강시민공원에는 한강만 있는 게 아니다. 동작대교에서 반포대교에 이르는 구간에
유럽풍 미루나무 오솔길이 숨겨져 있다. _ 서울시 용산구 서빙고동

끝도 없이 너른 들판이요.

#148

갯벌이 무안해

잔디처럼 보이지만 한겨울 서해안 갯벌 풍경이다. 압도적인 푸른빛을 반사하는 것은
감태다. _ 전라남도 무안군 해제면

하이, 내 인생 반가워!

하이, 내 인생 반가워!